Rafael Bienia

Die Chroniken der drei kleinen Helden

Chronik 1: Drachenschmalz

Zauberfeder Verlag, Braunschweig, Germany

Rafael Bienia
Die Chroniken der drei kleinen Helden
Chronik 1: Drachenschmalz

Erste Auflage 2021

Text: Rafael Bienia
Illustrationen: Marvin Clifford
Projektleitung: Torsten Buchmann-von der Heyden
Lektorat: Anja Grevener
Satz und Layout: Christian Schmal
Herstellung: Tara Moritzen
Druck und Bindung: Neografia, Martin-Priekopa

Printed in Slovakia
ISBN: 978-3-96481-006-9
www.zauberfeder.de

RAFAEL BIENIA: DIE CHRONIKEN DER DREI KLEINEN HELDEN

Chronik 1:

Drachenschmalz

Zauberfeder

Inhalt

Chronik 1: Drachenschmalz

„Höre die Geschichte von drei mutigen Freunden, die vor langer, langer Zeit in einem fernen, fernen Land mit Zauberei, Kriegshammer und goldenem Herzen die tollkühnsten Abenteuer bestanden."

– Die Chroniken der drei kleinen Helden

Kapitel 1

Die Zusammenkunft

Die Sonne ging hinter den Zwergenbergen unter und tauchte die Gipfel in lebendig leuchtendes Gold, während sich Schatten über die Stadt Khizar legten. Weit vor ihren Toren stand das „Gasthaus zum Träumenden Kaiser“.

Neben dem brennenden Kamin und unter der Treppe zählte ein Kind drei Kupfermünzen, steckte sie in einen Beutel, schüttete sie vorsichtig auf die zerkratzte Steintischplatte und zählte sie wieder.

„Was willst du trinken?“, fragte der Wirt, der zum Tisch gekommen war. Über den hohen Wangenknochen des Kindes blickten große, grüne Augen. Die grauen Haare bedeckten kaum spitze Ohren. Ein Halbelf, dachte der Wirt.

Das Kind trug eine Tunika aus abgewetztem ungefärbtem Leinenstoff. Über der Lehne des Stuhls trocknete ein dünner Wollumhang und auf dem Boden lag ein Rucksack. „Apfelsaft“, sagte das Kind und schob ein „Bitte“ hinterher.

Der Wirt brachte einen Becher und nahm eine der Kupfermünzen. „Etwas zu essen?“, fragte er. „Wir haben Leberspätzlesuppe.“

Das Kind schüttelte den Kopf und schloss die Finger fest um die zwei übrigen Münzen. „Wie viel kostet ein Schlafplatz?“

Der Wirt schaute auf die engumschlossene Faust. „Für deine wertvollen zwei Kupfermünzen kannst du im Stall schlafen und bekommst ein Glas Milch zum Frühstück.“

Das Kind öffnete die Hand, schaute auf die beiden Münzen und überlegte.

„Dazu kommen drei Schüsseln Suppe und ein Krug Apfelsaft für drei weitere Münzen“, brummte eine andere Stimme.

Hinter dem Wirt stand plötzlich ein Orkmädchen mit olivgrüner Haut und bernsteinfarbenen Augen. Zwei prächtige Hauer schoben sich aus dem Mund über die Oberlippe. Die Orkin trug eine Weste aus dickem, grob gegerbtem Leder. In den Händen hielt sie einen Kriegshammer, der so lang war wie ihr Arm.

„Grascha da Krascha“, sagte das Kind und lächelte.

„Leo“, sagte das Orkmädchen und legte den Hammer auf den Boden. „Hier versteckst du dich also.“

Die beiden umarmten sich. Der Wirt nickte und huschte hinter den Tresen, um die Bestellung zu holen.

Die Tür des Gasthauses schwang auf und ein Menschenjunge kam herein. Er trug eine blaue Robe und einen schweren Umhang. „Grascha?“, fragte er und kniff seine Augen zusammen.

„Komm her, Allanor!“, rief Grascha. „Darf ich vorstellen: Das ist Leo Langfinger. Hat mir mal einen Apfel geklaut.“

Allanor schüttelte Leos ausgestreckte Hand.

„Freut mich! Ich bin Allanor Augenglanz, Magierlehrling“, sagte er. Der Wirt stellte drei Schüsseln auf den Tisch und Allanor grinste. „Danke! Ich liebe Leberspätzlesuppe!“, sagte er und holte einen Löffel aus seinem Rucksack.

Das silberne Besteck blitzte in Leos Augen. „Ich liebe auch Leberspätzlesuppe“, sagte Leo. „Wollen wir Freunde sein?“

Allanor nickte heftig.

Die drei aßen gemeinsam die bestellte Suppe.

Kapitel 2

Die drei kleinen Helden

Name: Allanar Augenglanz
Größe: 1,30 Meter
Augenfarbe: blau
Hautfarbe: bronzen
Haare: schwarz
Volk: Mensch
Klasse: Magier
Zuhause: Khizar
Schätze: ein Zauberbuch und sein Schreibzeug
(Er hat wirklich viele bunte Tinten!)

Name: Grascha da Krascha
Größe: 1,50 Meter
Augenfarbe: bernsteinfarben
Hautfarbe: grün
Haarfarbe: braun
Volk: Ork
Klasse: Krieger
Zuhause: Aussiedlerhof vor Khizar
Schätze: Streithammer
(Oh je, der tut echt weh!)

Name: Leo Langfinger
Augenfarbe: schwarz
Hautfarbe: weiß
Haare: grün
Volk: Halbelf
Klasse: Schurke
Zuhause: zurzeit ein Bauernhof im Landkreis Khizar
Schätze: 2 Kupfermünzen
(Das ist total wenig!)

Ein grauhaariger Mann mit roten Bändern im Haar stellte sich vor den Kamin und schlug gleichmäßig auf seine Trommel. Der Wirt gesellte sich mit schrillen Flötenmelodien dazu.

„Ich muss für die Schule ein Bild malen", sagte Allanor. „Meine Lehrerin hat gesagt, dass ich Zwergenbuchstaben aus einem Buch abmalen soll, aber das ist langweilig." Grascha lachte. „Im verlassenen Bergwerk von Banggrimm sind Zwergenbilder, die ich abmalen will."

„Dort ist es aber gefährlich und niemand darf rein", sagte Leo und schielte zu zwei Soldaten am Nachbartisch, die Karten spielten.

Allanor schaute kurz zu den Soldaten, beugte sich zu Leo und Grascha und sagte: „Deshalb sollt ihr zwei Helden mich ja auch begleiten."

Leo lehnte sich zurück. „Ich kann nicht. Mein Vater braucht meine Hilfe. Wir müssen die Ernte für den Bauern einholen, weil der Winter kommt."

Allanor legte eine Silbermünze auf den Tisch. „Die kannst du haben, wenn du mitkommst. Davon kann dein Vater einen Helfer bezahlen, der deine Arbeit macht."

Leo leckte sich über die Lippen. So viel Geld verdiente sein Vater in einer ganzen Woche.

„Außerdem", sagte Allanor zu Grascha, „leben im Bergwerk gefährliche Rattenfrösche."

„Rattenfrösche?", brummte Grascha. „Ha! Wenn wir die besiegen, werden meine Brüder nicht mehr über mich lachen. Ich bin dabei!"

Leo schaute Grascha in die Augen und sagte: „Dann komme ich auch mit.“

„Es ist beschlossen“, sagte Allanor. „Wir gehen morgen auf Abenteuerreise.“

„Aber zuerst singen wir ein Abenteuerlied“, sagte Grascha.

Die drei stießen mit ihren Bechern an und sangen:

„Schaut her, wir sind drei Helden und suchen Abenteuer.
Wir finden dunkle Gänge, all das ist uns geheuer.
Schaut her, wir sind drei Helden und finden Abenteuer.
Wir trinken Apfelsaft, am liebsten vor dem Feuer.“

Kapitel 3

Rattenfrösche in den Zwergenbergen

Der Eingang zu Banggrimms Bergwerk war dunkel. Aus dem Stollen hüpften drei, fünf, ja zehn Frösche. Sie waren wie Ratten mit schwarzem Fell bedeckt.

„Ich bin eine Kriegerin! Ich kriege euch!“, rief Grascha, hob grölend ihren Hammer und rannte in die Meute der Rattenfrösche.

Vor lauter Schreck rutschte ein Rattenfrosch aus und fiel auf einen anderen. Von den Wänden hallte ein wütendes „Quiek-quak!“.

Grascha grunzte zufrieden. Mit Leichtigkeit hob sie ihren gewaltigen Hammer und zielte auf einen Frosch.

„Halt“, rief Leo, „warum müssen wir sie schlagen?“

Grascha öffnete den Mund. „Hä?“ Sie schaute zu Leo, dann wieder zu den Fröschen und schüttelte den Kopf. „Was soll ich denn sonst machen?“, rief sie und senkte verständnislos den schweren Hammer. Ein Frosch sprang erschrocken davon. „Wenn ich nicht einmal Frösche besiege, lachen meine Brüder wieder über mich.“

Zwei Frösche hüpften auf Grascha zu und quiek-quakten zornig. Das Orkmädchen hob erneut ihren Hammer.

„Weißt du noch, wie wir uns kennengelernt haben?“, sagte Leo und stellte sich neben sie. „Als ich dir deinen Apfel geklaut habe, hast du mich auch nicht geschlagen. Lass sie in Ruhe. Es sind kleine Tiere.“

Grascha schaute auf die Frösche, dann in Leos Gesicht und schnaubte. „Du nervst.“

Ein Frosch biss Grascha in den Stiefel, aber das Leder war zu dick. Grascha schüttelte ihr Bein und der Rattenfrosch flog – *Huuiiiii* – in einem hohen Bogen in den Stollen, der in das Bergwerk hineinführte. Die restlichen Rattenfrösche hüpften hoch und versuchten, in ihre Finger zu schnappen.

„Mach was, Grascha!“, rief Allanor.

Die Orkin drehte ihren Hammer und benutze ihn als Schaufel, aber die Frösche sprangen auf den Griff und bissen ihr in den Zeigefinger. „Aiii!“, brüllte sie und wurde böse. Sie schüttelte den pelzigen Lurch und warf ihn gegen die Wand. „Nimm dies, du garstiger Rattenfrosch!"

„Ich habe eine Idee!“, sagte Allanor zu Grascha und schaute zu Leo. „Niemand muss schlagen, treten oder beißen. Wir können sie ...

... erschrecken. Ich habe da einen passenden Zauber.“ Bevor Grascha widersprechen konnte, begann der Magierlehrling und klatschte in die Hände, auf seinen Bauch und die Oberschenkel. Dann legte er Zeigefinger und Daumen zusammen, schaute durch die Finger und flüsterte das Zauberwort: „Slutschenie!“

Allanor verzauberte Grascha. Um die Kriegerin herum flimmerte die Luft und Grascha sah auf einmal aus wie eine riesige, orkgrüne Katze mit bernsteinfarbenem Storchenschnabel.

Das war eine gute Idee, denn Frösche fürchten sich vor Störchen und Ratten vor Katzen. Eine *Storchenkatze* war zu viel für die kleinen Viecher. Die Rattenfrösche blieben stehen. Kein Tapsen. Kein Beißen. Grascha brüllte wie eine Löwin und klapperte mit dem Schnabel. Die Frösche quiek-quakten voller Angst und hüpften in die Dunkelheit.

„Das hat Spaß gemacht“, maunzte Grascha da Katza. Da verblasste die Illusion, und Grascha war wieder eine Orkin.

„Jetzt aber weiter“, sagte Allanor und wischte sich den Schweiß aus den Augenbrauen.

Kapitel 4

Die Geheimnisse von Banggrimm

Der Eingang vor ihnen führte zu einem wunderschönen Stollen, den die Zwerge aus dem Berg gemeißelt hatten. Alle Kanten waren gleichmäßig und glatt. Als kleinwüchsiger Halbelf lief Leo aufrecht hinein.

„Hey, warte auf mich!“, rief der Magier, entzündete eine Laterne und lief geduckt hinterher. Grascha zog ihre Schultern ein und quetschte sich durch. Je tiefer sie ins Bergwerk gingen, desto modriger roch die Luft, und es wurde kälter.

„Hier liegen Goldkrümel!“, rief Leo und sammelte sie hektisch auf.

Allanor seufzte. „Können wir endlich weitergehen?"

„Schau mal!", sagte Grascha und zeigte auf die Wand.

Allanor kam näher, bis er fast mit der Nase gegen den Stein stieß. „Zwergenbuchstaben", flüsterte der Magier fasziniert. Seine Augen starrten auf die eckigen Buchstaben.

Währenddessen krabbelte Leo auf allen Vieren herum und sammelte Goldkörner.

Grascha lief vorsichtig einige Schritte vorwärts und gab Entwarnung: „Keine Frösche!"

„Hier sind Spuren", sagte Leo und zeigte auf einen Abdruck. Auf dem Boden waren handtellergroße Abdrücke von drei Zehen mit Schwimmhäuten zu sehen.

„Das sind aber große Füße", sagte Grascha grinsend und zeigte die Hauer in ihrer ganzen Länge. „Vielleicht leben hier Monsterfrösche." Grascha stellte sich vor, wie sie einen Riesenfrosch nach Hause brachte. Alle würden staunen!

„Hier sind nur Buchstaben. Keine Bilder. Also weiter", sagte Allanor und lief tiefer in den Stollen in Laufrichtung der Abdrücke hinein. Die Laterne in seiner Hand warf tanzende Schatten an die Wände von Banggrimm.

Als sie zwanzig Schritte tiefer ins Bergwerk gegangen waren, blieb Leo stehen. Aus der linken Wand kam ein warmer Luftzug.

„Was ist?", fragte Allanor.

Leo schüttelte den Kopf und schnupperte. „Da ist ein Loch in der Wand, und es riecht nach Klo."

„Schau mal hier!“ Grascha zeigte auf die Wand. Sie sahen zwei Reihen mit Zwergenbuchstaben neben ihren Köpfen.

„Ich kann das lesen“, sagte Allanor und fuhr langsam die Zeilen mit dem Zeigefinger nach. „Potzblitz! Hier steht: ‚Schreibe Frosch und tritt ein!‘ Das ist bestimmt eine Geheimtür!“ Er drückte seine Nase an die Wand. „Hier sind Buchstaben!“

„Aber die Buchstaben sind nicht richtig“, sagte Grascha.

„Stimmt“, sagte Allanor. „Hier fehlen Striche.“

„Wo fehlen Striche?“, fragte Leo.

Grascha zeigte auf ein B, das unten offen war.

„Hier?“, fragte Leo und drückte vorsichtig auf die Stelle. *Klick! Rumpel!* Die Wand rollte zur Seite. Ein neuer Gang wurde frei. „Ein Geheimgang!“, strahlte Leo und ging hinein.

Kapitel 5

Hinab in die Tiefen

Allanor und Grascha folgten. Sie gingen bis zu einer Abbiegung.

„Jetzt aber leise“, flüsterte Leo und schaute um die Ecke. Vor ihnen war eine Kammer, so hoch und breit wie zwei Gasthäuser. Es roch für Leo wie Felder, die im Frühling frisch gedüngt wurden. In der Mitte standen ein Steintisch und drei Steinbänke.

„Hier sind bestimmt Bilder“, meinte Allanor und lief in die Kammer.

Grascha schaute sich um, aber es war keine Gefahr in Sicht.

Allanor beugte sich über die Tischplatte und lachte. „Genau das habe ich gesucht!“, rief er. Die Steinplatte war mit Blattgold überzogen, und eingemeißelte Bilder erzählten in langen Reihen die Geschichten der Zwerge von Banggrimm.

„Die hier habe ich in keinem Buch gesehen.“ Allanor stellte seinen Rucksack und die Laterne ab, bedeckte das Bild auf der Tischplatte mit einem Papier und begann, es abzupausen. Es zeigte die Zwerge beim Goldschürfen.

Leo schaute sich um. Steintreppen führten zu Stolleneingängen in den Wänden hoch über ihren Köpfen. An einem Eingang hockte ein riesiger Frosch mit zotteligen Haaren. Er drückte sein glibberiges Maul gegen einen goldenen

Felsen, der den Eingang zu einem anderen Stollen verschloss.

„Was macht der Frosch da?“, fragte Leo und zeigte nach oben.

„Er scheint das Gold zu fressen“, sagte Grascha, was Leo aufschreien ließ.

„Gold?“, rief er. „Das darf er nicht fressen!“ Der Frosch ließ sich aber nicht stören. Er schmatzte und schlürfte. Leo lief zu ihm und wedelte mit den Armen. „Weg da! Weg von dem Gold!“

Der Riesenfrosch hüpfte die Treppe hoch und verschwand in einem anderen Stolleneingang. Leo nahm Hammer und Meißel aus seinem Rucksack und begann, das Gold abzuschlagen. Leos Hämmern war das einzige Geräusch in der Kammer.

Grascha seufzte. Sie hatte wieder nichts zu tun. „Langweilig“, murmelte sie.

Da ertönte ein mächtiges Dröhnen. Die drei schauten nach oben, aber es war nicht die Decke, die das Geräusch machte.

Kapitel 6

Drachenschmalz

Vor Leo bewegte sich der Goldklumpen. Die Wand zitterte. Leo schrie auf und sprang die Treppe zu Grascha hinunter. Allanor kam dazu. Mit einem Donnern brach die Wand vor ihnen zusammen. Aus dem Loch drückte sich ein Schlangenkopf, so groß wie ein Haus. Seine grünen Schuppen glitzerten im Laternenschein.

„Drache!", quiekte Allanor. Er biss sich in die Wange. *Autsch!*

Leo schluckte.

Grascha lief der Schweiß den Rücken runter. Noch nie in ihrem Leben hatte die Orkin so viel Angst gehabt. Sie hob zitternd ihren Hammer.

„Orkmädchen, was willst du mit deinem Hämmerlein?", fragte der Drache. Seine markerschütternde Stimme hallte von den Wänden. „Magst du mir etwa meine Ohren sauberhämmern?", fragte der Drache und grinste.

Grascha schaute zu Allanor und dann zu Leo.

„Ohren sauberhämmern?", fragte Allanor. Leo holte einen Goldklumpen aus dem Rucksack und öffnete den Mund.

„Ja, mein Schmalz tut weh, und ich höre immer schlechter“, sagte der Drache. „Die Zwerge sind weg und keiner schlägt mehr das Ohrengold aus meinen Lauschern raus.“

Leo ließ seinen Goldklumpen fallen und rief: „Igitt!“

Grascha lachte.

„Die Frösche putzen seitdem meine Ohren“, sagte der Drache und seufzte, „aber leider ist mein Ohrengold nicht gut für sie. Es ist magisch.“

„Magisch?“, fragte Allanor.

„Aber es ist echtes Gold, oder?“, fragte Leo.

„Ja, es ist Gold“, sagte der Drache und zeigte seine Zähne. „Aber magisches Gold. Wenn die Frösche davon essen, wachsen und wachsen ihnen Zotteln, und sie werden größer, größer, größer und noch größer.“

„Dürfen wir das Gold dann mitnehmen?“, fragte Leo.

„Wenn ihr mir helft, natürlich gern“, drehte ihnen der Drache grinsend ein Ohr zu. Wenn sich der Kopf bewegte, zitterte die Luft, sodass die drei dachten, dass ein Haus umfallen würde. „Wer will zuerst?“

Die Freunde schauten sich an. Graschas Herz pochte. Gleichzeitig wusste sie, dass der Drache sie nicht fressen würde, denn das hier war ein netter Drache. Das erkannte sie an den Augen. Als die Orkin vortrat, zitterten dennoch ihre Beine, denn ein beißender Geruch kam aus dem Drachenmaul, und die Zähne waren so lang wie ihr Hammer.

„Das tut gut", sagte der Drache, als Grascha anfing, die Ohren freizuklopfen. Er schloss die Augen und lächelte. Leo kam an Graschas Seite, und auch Allanor stellte sich zu seinen Freunden. Zusammen schlugen und kratzten sie das gesamte Drachenschmalz heraus.

Kapitel 7

Zwischenstopp im Gasthaus

Nach Sonnenuntergang waren Grascha, Leo und Allanor wieder im „Gasthaus zum Träumenden Kaiser“. Sie saßen unter der Treppe und aßen Suppe. Diesmal Linsensuppe mit Würstchenenden. Allanor legte eine Silbermünze auf den Steintisch. Leo nickte und nahm sie.

„Warum nimmst du das Silber?“, fragte Grascha. „Du hast jetzt deine Goldklumpen, und meine kannst du auch haben. Hast du nicht genug?“

Leo lächelte. „Es war so abgemacht.“

„Außerdem wird das Gold kleiner, wenn du damit zauberst“, sagte Allanor und löffelte seine Suppe zu Ende.

„Gut, dass ich nicht zaubern kann“, sagte Leo und schaute grinsend ins Kaminfeuer.

Der alte Mann mit den roten Bändern war wieder da und trommelte langsam. Der Wirt gesellte sich zu ihm und spielte diesmal eine sanfte Flötenmelodie. Die Leute an den Tischen summten.

„Was ist mit dir, Grascha?“, fragte Allanor.

Das Orkmädchen spielte mir seiner Suppe und sagte: „Ich habe nicht gekämpft. Nicht gegen die Frösche. Nicht gegen den Drachen. Meine Brüder werden mich auslachen."

Leo legte die Hand auf ihre Schulter. „Du hast einem Drachen in die Augen geschaut und bist nicht weggerannt. Wenn das deine Brüder hören, werden sie staunen."

Grascha lächelte schief.

„Jeder hat Angst vor Drachen, Grascha", sagte Allanor. „Du aber nicht! Du bist als Erste nach vorne gegangen. Du bist die mutigste Kriegerin der Welt!"

Graschas Wangen wurden gurkengrün.

„Außerdem kannst du einen Kampf gewinnen, ohne jemanden kaputtzuhauen", sagte Leo und hob den Becher. „Du musstest nicht mal jemanden schlagen, um zu gewinnen."

Die Freunde jubelten und stießen mit Saft an.

Am nächsten Tag brachte Allanor seine Bilder aus dem Bergwerk zur Schule und erzählte seiner Lehrerin von dem Ohrengold des Drachen.

„Meine liebe Freundin Alira wird bestimmt daran interessiert sein", sagte die Lehrerin. „Reise zu ihr! Sie wird dir zeigen, wie man mit diesem magischen Gold zaubern kann."

„Noch eine Abenteuerreise!", rief Allanor und leise fügte er hinzu: „Mal sehen, was Grascha und Leo dazu sagen."

Kapitel 8

Reisevorbereitungen

„Hoffentlich kommen sie mit“, dachte Allanor, legte das Gesicht in beide Hände und bedeckte seine brennenden Augen. Er atmete durch und lauschte vom Stammplatz der drei Helden unter der Treppe.

Das Kaminfeuer knisterte, und die Gasthaustür öffnete sich quietschend. Zwei Stiefelpaare liefen über die Holzdielen. Eine Person war schwer, die andere leicht.

„Du bist auf die Schule gegangen?“, fragte Leos vertraute Stimme.

„Ja sicher, mit meinen Brüdern.“ Das war Grascha.

„Aber Orks gehen doch nicht zur Schule“, sagte Leo.

„Vielleicht nicht die Orks hier, aber bei uns haben alle Orkkinder Lesen und Schreiben gelernt.“

Sie kamen geradewegs auf Allanors Tisch zu.

„Allanor, geht es dir nicht gut?“, fragte Grascha.

Allanor öffnete seine Augen, richtete sich auf und stieß sich an der Treppe. Er rieb sich den Kopf. „Meine Augen sind müde vom vielen Lesen.“ Er zeigte auf zwei Stühle neben sich und lächelte seine Freunde an. An jedem Platz stand ein Holzbecher und in der Mitte des Tisches ein Krug Apfelsaft. Als sich die zwei setzten, brachte der Wirt drei Schalen Haferbrei mit Birnenstückchen.

„Schön, dass ihr gekommen seid“, sagte Allanor.

„Geht’s wieder auf Abenteuerreise?“, fragte Leo.

„Wenn du willst“, sagte Allanor. „Aber diesmal ist es ein Abstecher zu Magistra Alira.“

Leo zuckte mit den Schultern.

„Die hochgeschätzte Magistra kann mir zeigen, wie ich mit dem magischen Gold zaubern kann, aber sie unterrichtet gerade in Silas.“

„Der Weg dorthin führt durch Hügelland“, sagte Grascha, „da kann man sich schnell verirren. Außerdem gibt es wilde Tiere, und wir haben bald Winter.“

Leo hob die Augenbrauen. „Wilde Tiere?“ Seine großen Augen blitzten. „Wölfe sind gefährlich, wenn sie hungrig sind. Da bleibe ich lieber zu Hause. Warum gehen wir nicht im Frühling?“

Allanor schüttelte den Kopf. „Wenn wir nicht morgen aufbrechen, wird Alira nicht mehr in Silas sein. Ich habe gehört, dass sie übermorgen abreist. Sie will zurück zu ihrem Magierturm in der Baronie Kuhlgrund, und das ist echt weit weg."

„Bis übermorgen schaffen wir das niemals", meinte Grascha, „dann reisen wir lieber im Frühling."

„Nein!", rief Allanor aus und ballte die Fäuste. Tränen standen in seinen Augen. „Nein", sagte er leiser, „ich muss lernen, mit diesem Gold zu zaubern, sonst komme ich nicht in die nächste Klasse. Die Schule fängt im Winter an, wenn alle Kinder von der Feldarbeit zurück sind." Er schaute auf die Tischplatte und ließ seine Schultern sinken.

Leo goss jedem aus dem Krug ein. „Nichts kann uns aufhalten, wenn wir uns gegenseitig helfen. Ich habe Angst vor wilden Tieren, aber Grascha beschützt uns. Grascha will nicht durch das Hügelland, aber Allanor kennt den Weg. Allanor ist die weite Reise mit dem Gold zu anstrengend, aber ich kann ihm tragen helfen. Wir schaffen das, Freunde! Morgen gehen wir auf Abenteuerreise."

„Jawohl!", rief Grascha.

Allanor strahlte. Die Freunde stießen mit ihren Bechern an.

Kapitel 9

Das Geheimnis der Zaubersteine

Unter Allanors Stiefeln knirschte Pulverschnee, der seit gestern Abend das Hügelland um sie herum bedeckte. Eine starke Böe blies von Osten und biss sich durch die Schichten der blauen Magierrobe.

Allanor zitterte. „Es wird noch kälter“, dachte er und wich spitzen Steinen aus, die sich, wenn er nicht aufpasste, durch die Sohlen in seine müden Füße bohrten.

Vor vielen, vielen Jahren hatte jemand diesen Weg gebaut, damit Händler, Reisende und die Soldaten des letzten Kaisers schneller reisen konnten.

„Vielleicht hat einer meiner Vorfahren diese Steine hingelegt“, dachte Allanor. Sein Vater hatte ihm einmal erzählt, dass sein Urgroßvater ein Steinmetz gewesen war, der den Brunnen vor ihrem Haus gebaut hatte. Jetzt waren sie aber weit weg von zu Hause.

Leo lief hinter ihm, zusammen mit Grascha. Die beiden sprachen zwar nicht miteinander, aber das war ein gutes Zeichen. Manchmal konnten Freunde gemeinsam schweigen. Einfach zusammen sein.

Während des Tages kam ihnen ab und zu ein Bauer entgegen. Grascha warf den Leuten einen finsteren Blick zu. Niemand sprach sie an, niemand fragte, warum drei Kinder beim ersten Schnee auf der Straße nach Silas unterwegs waren. Nach jeder Begegnung drehte Grascha noch zweimal den Kopf, um sicher zu sein, dass die Leute weitergegangen waren. Man sollte immer aufpassen, denn ein Fremder konnte auch ein Räuber sein.

Am Abend schlugen sie zwischen hohen Fichten ihr Nachtlager auf. „Was haben wir zu essen dabei?“, fragte Leo.

„Etwas Käse“, sagte Allanor.

„Nur Käse?“, sagte Grascha. „Ich schaue mich mal um. Vielleicht finde ich Winterbeeren.“ Sie legte ihren Rucksack auf den Boden und suchte die Büsche in der Nähe ab.

Währenddessen kümmerte sich Leo um das Lagerfeuer. Ein Reisender, der vor ihnen hier gerastet hatte, hatte Steine von der Straße genommen und einen Kreis für eine Feuerstelle gelegt. Daneben lag ein kniehoher Stapel mit Ästen. Nach kurzer Zeit flackerte eine Flamme und verbreitete einen warmen Schein in der blau gewordenen Dämmerwelt.

„Wieso willst du eigentlich mit dem Gold zaubern, obwohl es dann kleiner wird?“, fragte Leo.

Allanor rieb sich über die Augen und sagte: „Zaubern macht den Körper müde. Wenn ich zu oft zaubere, werden meine Augen schlechter. Manchmal werden sie nach einmal Schlafen wieder besser. Manchmal nicht.“

„Hm, und was macht das Gold?“, fragte Leo.

Allanor schaute traurig ins Lagerfeuer. „Das Gold wird anstelle meiner Augen müde.“

Etwas knackste hinter ihnen. Grascha kam mit zwei Handvoll blauer Beeren zurück. Sie waren sauer, aber machten satt. Dann legten sich die Freunde schlafen.

Kapitel 10
Der Weg nach Silas

Der Weg führte nach Osten, der langsam aufsteigenden Sonne entgegen. Über dem Hügelland leuchtete das fahle Morgenlicht durch verschlafene Nebelschwaden. Wenn die drei einen Hügel hochstiegen, liefen sie durch einen kalten blauen Dunst, der alle Geräusche verschluckte.

Der Weg wurde steiler und die Hügel höher. Allanors Stiefel rieben unangenehm gegen seine Fersen. „Wenn ich Pech habe“, dachte er, „bekomme ich Blasen.“

„Aiii!“, schrie Grascha. Sie humpelte zwei Schritte, ging in die Hocke und hielt sich den rechten Fuß.

„Was ist?“, fragte Allanor und kniete sich neben sie.

„Ich bin umgeknickt“, sagte Grascha. Als sie versuchte, sich aufzurichten, zuckte ihr Gesicht.

„Geht’s?“, fragte Leo und stützte sie.

„Ich versuche es“, sagte Grascha, „aber meine Sachen kann ich nicht mehr tragen.“

Allanor hob Graschas Hammer auf. Er brauchte dafür beide Hände, so schwer war er. Wie konnte Grascha den die ganze Zeit mit einer Hand tragen, fragte sich Allanor.

Leo nahm den Rucksack und stützte Grascha weiter. Nach einer Stunde hatte sich die Sonne über die Hügel im Osten geschoben und leuchtete über das graublaue Wintergras. Sie machten eine Pause. Es war die zehnte seit dem Unfall. Grascha band ein Stück Stoff um ihren angeschwollenen Knöchel.

„Wir sind zu langsam“, sagte Allanor. „So kommen wir nicht rechtzeitig an.“

„Geht ohne mich weiter“, sagte Grascha.

„Nein!“, rief Leo. „Du bist verletzt. Ein hungriger Wolf könnte dich fressen. Entweder machen wir das zusammen oder gar nicht.“

„Ich ruhe mich einen Tag aus und hole euch dann ein“, antwortete Grascha.

„Nein, Grascha“, sagte Allanor und schnaufte. „Wir machen einen halben Tag Pause und gehen morgen weiter.“

„Aber dann ist Alira schon aufgebrochen, und wir müssen noch länger reisen“, erwiderte Grascha. „Kannst du wirklich weiter? Ich sehe doch, dass der Hammer zu schwer für dich ist.“

Allanor verzog das Gesicht und nickte. „Wie Leo gesagt hat. Entweder zusammen – oder gar nicht. Wir lassen dich nicht zurück.“

Die Freunde suchten eine ebene Stelle, wo sie ihre Schlafdecken ausrollen konnten.

„Das Draußenschlafen ist nicht meins“, murmelte Allanor und suchte nach Holz. Er fand nur eine Handvoll Äste, und Leo entzündete ein mickriges Lagerfeuer.

In der Nacht war es kalt, und Allanor wachte am nächsten Morgen durchgefroren auf. Sein

Rücken war steif, und die Füße schmerzten immer noch. Dafür ging es Grascha wieder besser. Sie konnte sogar selbst laufen. Ihren Hammer aber musste Allanor trotzdem tragen. Seine Arme fühlten sich bald an wie Gummi.

Am Mittag sahen sie die Mauern von Silas, aber sie gingen nicht weiter auf sie zu. Sie bogen ab, denn die Baronie Kuhlgrund lag weiter südlich. Allanors Beine zitterten, als sie das nächste Nachtlager unter einer Weide mit wenigen gelben Blättern an ihren hängenden Zweigen aufschlugen. Sie aßen den Käse auf und schliefen schnell ein.

Kapitel 11
Räuber!

In dieser Nacht wachte Allanor plötzlich mit pochendem Herzen auf. Seine Nasenspitze war kalt. Etwas schabte über den Boden neben ihm. Er drehte sich um. Eine dunkle Gestalt beugte sich über seinen Rucksack.

„Grascha?", fragte Allanor. Da zuckte die Gestalt zusammen, schnappte sich den Rucksack und lief durch die Weidenzweige auf die Straße. Allanor warf die Decke zur Seite, sprang auf die nackten Füße, lief dem Banditen

hinterher, hatte ihn aber nach wenigen Schritten in der mondlosen Dunkelheit verloren. Mit feuchten Füßen kam er zum Lager zurück. Die Kälte umhüllte ihn. „Leo, wach auf!“, zischte der Magier. „Man hat uns bestohlen!“

„Bestohlen?“, fragte Leo und rieb sich die Augen.

Sie überprüften Leos und Graschas Sachen, aber bei den beiden fehlte nichts. Nur Allanors Rucksack war weg.

„Was hattest du drin?“, flüsterte Leo, denn sie wollten das Orkmädchen nicht wecken. Ihr Fußgelenk brauchte den Schlaf, um zu heilen.

„Meine Kleidung, mein ganzes Essen und das Gold, das ich Alira zeigen wollte.“

„Oh nein!“, stieß Leo aus.

„Hast du deines noch?“, fragte Allanor. Leo schüttelte den Kopf und schaute durch die Zweige zum sternenübersäten Himmel.

„Nein“, erwiderte Leo. „Ich habe das Gold meinem Vater gegeben. Er hat uns vom Dienst beim Bauern freigekauft und will jetzt ein eigenes Stück Land kaufen.“

„Dann war unsere ganze Reise umsonst“, sagte Allanor mit einem Blick zurück auf die Straße.

„Nein, Allanor.“, sagt Leo. „Wir bringen es zu Ende. Wir gehen zu Alira und erzählen ihr von dem Drachen.“

Allanor schaute Leo an. Er fühlte, dass es richtig war, es wenigstens zu probieren. „Es ist nur ein Versuch. Ich will nicht, dass ihr umsonst den Weg macht.“

Leo drückte seine Hände und lächelte.

Am nächsten Morgen erzählten sie Grascha, was passiert war. „Wäre ich bloß wachgeworden“, sagte die Orkin und schüttelte den Kopf. „Was soll’s. Lasst uns zu Alira gehen!“

Die Freunde fanden ein paar Pilze fürs Frühstück und machten sich nach dem Essen auf den Weg. Ohne seinen Rucksack mit dem schweren Gold war der Weg für Allanor einfacher, und sie kamen gut voran.

Der Himmel verfärbte sich im Laufe des Vormittags grau, und Schneeflocken fielen. Sie kamen gegen Mittag in ein Tal, durch das sich ein gefrorener Bach schlängelte. Umgeben von einem Park erhob sich ein silberner Magierturm. Er war schlank wie eine Nadel und formte sich oben zu einer Art Nest, das ganz aus Glas war. Dort lebte die Magistra Alira Sonnenstätte.

Kapitel 12

Der Turm des Pegasus

Die Tür war aus blauem Metall und ragte hoch über ihre Köpfe auf. In der Mitte hing ein Klopfer in Form eines silbernen Pferdekopfes mit zwei Flügeln – ein Pegasus. Im Maul hing ein schwarzer Ring aus kaltem Holz. Allanor schlug mit dem Ring dreimal gegen die Tür. *BOMM! BOMM! BOMM!*

Eine kleine Klappe öffnete sich in der Tür, und ein braunes Auge schaute sie an. Eine kratzige Männerstimme fragte: „Wer seid ihr und was wollt ihr?"

„Mein Name ist Allanor Augenglanz, Magierlehrling aus Khizar, und ich bringe der ehrenwerten Magistra Alira eine Probe magischen Goldes, das wir …"

„Kein Interesse", unterbrach ihn der Mann und schob das Fenster zu.

Allanor klopfte noch einmal. Noch einmal. Dann noch einmal. Die Tür blieb geschlossen.

„Was jetzt?", fragte Leo.

„Ich kann die Tür einschlagen“, grollte Grascha und nahm Allanor den Hammer ab.

„So etwas macht man nicht“, sagte Allanor mit großen Augen.

„Lass mich mal“, sagte Leo und strich mit den Fingern über die Tür. „Es muss ein Schlüsselloch geben.“ Leo klopfte leise gegen einige Stellen, drückte vorsichtig auf den Pferdekopf, aber er fühlte kein Schlüsselloch und keinen geheimen Knopf.

„Kannst du die Tür nicht verzaubern?“, fragte Grascha.

Allanor biss sich auf die Lippen. Einbruch fühlte sich nicht richtig an, schon gar nicht magischer Einbruch. Außerdem war dies das Haus einer mächtigen Magierin. „Meine Zauber sind zu schwach“, sagte er und blickte zu Boden.

Grascha grunzte, hob den Hammer und bevor Allanor protestieren konnte, schlug die Orkin gegen die Tür. *DONG!* Augenblicklich öffnete sich das Fensterchen, und das braune Auge schaute sie finster an. Grascha grunzte. *DONG!*

Der Mann schrie auf. „Seid ihr verrückt? Hört auf damit!“

„Dann macht auf", sagte Grascha und drückte ihr Gesicht gegen die Öffnung. Ihr bernsteinfarbenes Auge starrte direkt in das Auge des Mannes. Der Mann erschrak und machte ein paar Schritte zurück. Grascha erkannte einen weißhaarigen Menschen in einer eleganten Tunika aus blauem und rotem Stoff.

„Wir sind zwei Tage gereist, haben uns verletzt, wurden bestohlen und es ist kalt. Unser Freund hier hat Gold aus dem Ohr eines Drachen gepopelt und will wissen, wie man damit zaubert. Wir bleiben so lange, bis wir die Hexe gesprochen haben."

Der Mann machte ein empörtes Gesicht und schüttelte sich. „Hexe? So eine Frechheit!"

„Bitte, mein Herr", sagte Allanor, „macht die Tür auf und wir erklären der Magistra alles. Wir bleiben nicht lange."

Da flimmerte die Tür und wurde durchsichtig wie eine nasse Scheibe, bis sie verschwand.

Kapitel 13

Die Magistra

Der Weg war frei. In einem kleinen Raum mit roten Wandteppichen an den Wänden stand der Diener. Hinter ihm befand sich eine niedrige Tür.

„Bring sie hoch, Manguste“, hörten sie eine Frauenstimme von der Decke, aber sie sahen niemanden im Raum. Manguste winkte den Dreien zu, öffnete die Tür hinter sich und trat gebeugt hindurch. Allanor, Grascha und Leo folgten ihm hundert Treppenstufen nach oben in einen Raum, dessen Wände aus Glas waren.

Eine Frau lag auf einem weißen Sofa, das mit blauen Pferden bestickt war, die Schwanenflügel hatten.

„Zeig mir das Zaubergold“, sagte Alira und strich sich blonde Strähnen aus dem Gesicht zurück. Rechts und links von ihr standen schokoladenbraune Regale, gefüllt mit abgegriffenen Büchern.

Allanors Wangen wurden heiß. Er schaute durch das Glasfenster zum blauen Himmel und sagte: „Das Gold wurde mir gestohlen.“

Über dem Sofa hing ein ausgestopfter Alligator, und Allanor wünschte sich in diesem Moment nichts sehnlicher, als mit dem Alligator zu tauschen: ausgestopft und stumm über allem zu hängen und nichts machen zu müssen. Aber er war keine ausgestopfte Echse, sondern ein

Lehrling, der vor einer der größten Magierinnen der Welt stand.

„Gestohlen? Das ist aber unglücklich“, meinte Alira ruhig. „Dann verstehe ich nicht, was ich für dich tun kann.“

Leo sprang vor und machte einen Knicks. „Allanor will von Euch lernen, wie man zaubert, ohne krank zu werden, wenn es Euch gefällt, hochelegante Zauberkünstlerin!“

Allanor zuckte bei den unpassenden Worten zusammen. Alira richtete sich auf und schaute die drei Helden durchdringend an. Allanors Herz schlug bis zum Hals. Seine Handflächen schwitzten.

„Das kann man nur machen“, sagte Alira, „wenn man einen magischen Stoff hat, beispielsweise magisches Gold. So etwas ist fantastisch selten.“ Sie stand auf und lief vor den drei Freunden auf und ab. Ihr Kleid raschelte. „Ich habe nichts mehr übrig, um Allanor zu zeigen, was er braucht.“

„Ich habe doch noch etwas!“, sagte Leo und hob ein Säckchen hoch.

„Was?“, rief Allanor.

Grascha brummte.

Alira lächelte ihn fragend an.

„Erinnerst du dich an die Goldkrümel, die ich im Bergwerk vom Boden aufgesammelt habe?“, fragte Leo.

„Ja, aber ...“, stotterte Allanor.

Leo unterbrach ihn: „Du kannst sie nehmen und damit das Zaubern lernen.“ Leo nahm den Beutel und hielt ihn Allanor hin.

„Dann hast du gar nichts mehr für dich“, sagte Allanor.

Leo zuckte mit den Schultern. „Vielleicht ist noch etwas vom Gold übrig, wenn ihr fertig seid. Wenn nicht, egal. Du bist doch mein Freund. Ich will, dass du richtig Zaubern lernst und dabei nicht krank wirst.“

In Allanor stiegen Tränen hoch, und er umarmte Leo.

Kapitel 14

Schreiben mit Magie

Mit einer Pinzette legte Allanor einen Goldkrümel in den grauen Mörser, der vor ihm auf dem elfenbeinweißen Tisch stand. Mit einem steinernen Stößel zerrieb er das Gold zu Pulver. Dann nahm er eine Phiole und tropfte tiefblaue Tinte dazu. Das Gold verteilte sich in der Tinte und glitzerte wie die winterlichen Sterne, die er gestern am Nachthimmel gesehen hatte.

„Jetzt nimm eine Feder und schreibe das Zauberwort für den Illusionszauber“, sagte Alira und reichte ihm eine lange Gänsefeder mit einer Metallspitze.

Allanor nahm die Feder, tunkte die silberne Spitze in die magische Tinte und drückte sie auf einen Bogen Papier. Er schrieb.

Aliras Augen weiteten sich, und sie beugte sich über das Papier. „Was machst du da? Was soll das denn sein?“

„Der Buchstabe S für ‚Slutschenie!'", sagte Allanor leise. Seine Hand zitterte und sein ganzer Körper kribbelte wie jedesmal, wenn er einen Fehler gemacht hatte. Zaubertinte tropfte von der Federspitze und kleckste Flecken auf das Blatt.

„Das ist kein S, das ist ein L", sagte Alira.

Allanor wollte etwas sagen, aber seine Kehle war wie zugeschnürt. Seine Augen waren trocken, aber er konnte sich nicht zwingen, zu blinzeln.

„Allanor, was ist mit dir los?", fragte Alira und schaute ihn an.

„Ihre Augen sind so freundlich", dachte Allanor und seine Lippen zitterten. „Ich kann nicht schreiben", hauchte er. Alira hob die Augenbrauen.

„Aber das ist doch nicht schlimm!", sagte sie. „Du bist noch ein Lehrling und lernst das noch in der Schule. Du hättest es nur sagen müssen."

„Entschuldigung", sagte Allanor und schniefte.

Alira strich über seinen Rücken. „Du brauchst dich doch nicht zu entschuldigen. Ich erkläre dir jetzt, was du machen musst. Dann gehst du nach Hause, lernst schreiben und befolgst meine Anweisungen, in Ordnung?" Sie umarmte ihn sanft und blickte ihm direkt in die Augen. Er schluckte und nickte.

„Also, wenn du das Zauberwort mit der vergoldeten Tinte aufgeschrieben hast, falte das Papier zusammen und stelle dir vor, was passieren soll. Dann klopfe mit dem Papier auf deinen Körper, wie du es gelernt hast.

In diesem Moment wird die Tinte verlaufen und ein zweites Zauberwort formen. Du faltest dann das Papier auseinander und liest das neue Zauberwort. Der Zauber wird durch das Papier wirken und deine Augen in Ruhe lassen."

„Ich fühle mich blöd", murmelte er.

Die Magierin drückte seine Schultern. „Das ist normal. Aber wenn du etwas nie probierst, weil du dich schämst, wirst du nicht wissen, ob du es vielleicht doch kannst."

Allanor merkte sich ihre Anweisungen, und am nächsten Tag machten sich die drei Freunde auf den Rückweg.

Kapitel 15

Eine orkische Idee

Im Gasthaus saßen an diesem Abend nur zwei Gäste. Der Wirt stellte Tische um, während über dem Feuer Wurstbrühe kochte. Unter der Treppe saß Allanor am Tisch und hielt sich die Augen.

„Ist er eingeschlafen?“, fragte Leo. Dann hörten sie ein leises Schluchzen.

Grascha schüttelte den Magierlehrling an der Schulter. „Was ist mit dir?“, fragte die Orkin.

Allanor blickte auf. Sein Gesicht glänzte im Feuerschein. Er hatte rote Augen. „Ich werde nie mit dem Gold zaubern können“, schluchzte Allanor. „So komme ich nie in die nächste Klasse.“

Leo umarmte ihn.

„Ich kann nicht richtig schreiben“, sagte Allanor und drückte Leo.

„Aber du lernst das doch in der Schule“, sagte Leo.

Allanor weinte. „Ich ... mein Kopf ist kaputt“, sagte er und wimmerte. „Ich werde nie richtig schreiben können!“

„Jeder kann ...“, begann Leo, aber Allanor schlug wütend auf den Tisch.

„Nicht jeder, ich nicht!“

„Beruhige dich“, sagte Leo.

„Nein, ich bin zu dumm! Ich vertausche immer die Buchstaben. Ich bin nicht so wie jeder!“

„Warte mal“, sagte Grascha, „meine Cousine hatte das gleiche Problem. Sie vertauschte immer die Buchstaben, egal wie viel sie geübt hat.“

„Und sie hat die Schule nicht beendet und wurde ausgelacht“, schniefte Allanor.

„Quatsch! Ihre Lehrerin hatte einen Trick!“ Grascha zeigte grinsend ihre Hauer. Dann ging sie zum Kamin und brachte ein Stück kalter Kohle zum Tisch. „Gib mir ein Stück Papier“, sagte die Orkin.

Allanor zog einen weißen Bogen aus seinem neuen Rucksack.

Das Orkmädchen glättete das Papier und sagte: „Hast du auch dein Zauberbuch dabei?“

Der Magier kramte sein Buch hervor und schlug die Seite mit dem Illusionszauber auf. Grascha übertrug das Zauberwort in großen, schönen Buchstaben auf das Papier.

„Gib mir bitte noch einen neuen Bogen und hol deine Zaubertinte und die Feder“, wies sie ihn an.

Leo schaute mit offenem Mund zu. Zaubernde Orks, das war zu viel. Grascha legte das zweite Blatt über das beschriebene und schob es zu Allanor.

„So“, sagte sie, „jetzt siehst du die dunklen Buchstaben, die ich geschrieben habe, durch das helle Papier durchscheinen. Male die Buchstaben auf dem Papier nach, wie du es mit den Zwergenbildern in der Mine gemacht hast.“

Allanor wischte sich die Tränen weg. Mit leuchtenden Augen pauste er die Buchstaben ab, indem er den Linien folgte, die durch das dünne Papier zu sehen waren. Am Ende hatte er auf dem oberen Papier das Zauberwort mit der kostbaren Zaubertinte richtig geschrieben.

„Und jetzt mach das, was dir Alira gesagt hat“, ermunterte ihn Leo.

Allanor faltete das Papier, klopfte auf seine Schultern, seine Brust und seine Beine. Dann sagte er: „Slutschenie!“ Er faltete das Papier wieder auf, und die Freunde sahen, dass ein anderes Wort darauf stand. Allanor las Silbe für Silbe das Wort „Dru-tsche-nie“.

Plötzlich flammten die goldblauen Buchstaben auf. Im Papier blieb ein Loch, wo zuvor die Buchstaben gestanden hatten. Auf der Tischplatte flimmerte die Luft und ein weißes Pferd entstand. Vor den drei Nasen der Freunde breitete das Pferd zwei weiße Schwanenflügel aus. Ein Pegasus! Der Illusionszauber hatte geklappt!

„Wie fühlt sich das an?“, fragte Leo und zeigte auf Allanors Augen.

„Ich habe keine Schmerzen!“, freute sich Allanor.

„Hurra!“, riefen Leo und Grascha. Sie umarmten den Magier.

„Jetzt kommst du in die nächste Klasse, wie du es dir gewünscht hast“, sagte Grascha.

„Danke, Grascha, ohne deine Idee ...“, sagte Allanor und küsste Grascha auf die Wange.

„Die Idee ist von meiner Mutter. Sie war die Lehrerin meiner Cousine“, sagte Grascha.

Dann drehte sich Allanor zu Leo: „Danke Leo, ohne deine Goldkrümel hätte ich das nicht geschafft.“

„Für dich mache ich das gerne. Wann fängt die Schule an?“, fragte Leo.

„In zwei Wochen“, sagte Allanor.

„So lange noch?“, fragte Grascha, „Und was machen wir bis dahin?“

„Alira erzählte mir von magischen Steinen, die sie früher zum Zaubern benutzte“, sagte Allanor.

„Lass mich raten“, sagte Leo. „Es ist eine gefährliche Reise, und wir sollen dich begleiten.“

„Potzblitz!“, rief Allanor lachend. „Kannst du Gedanken lesen?“

Die Freunde grinsten, hoben ihre Apfelsaftbecher und sangen:

„Schaut her, wir sind drei Helden und suchen Abenteuer.
Wir finden dunkle Gänge, all das ist uns geheuer.
Schaut her, wir sind drei Helden und finden Abenteuer.
Wir trinken Apfelsaft, am liebsten vor dem Feuer.“

Danke, Carolina, für die tolle Drachenschmalz-Idee, und dass du immer bei mir bist.

Das Buch ist Sophia gewidmet.

Weitere Ausmalbilder und vieles mehr findet Ihr unter www.drachenschmalz.de